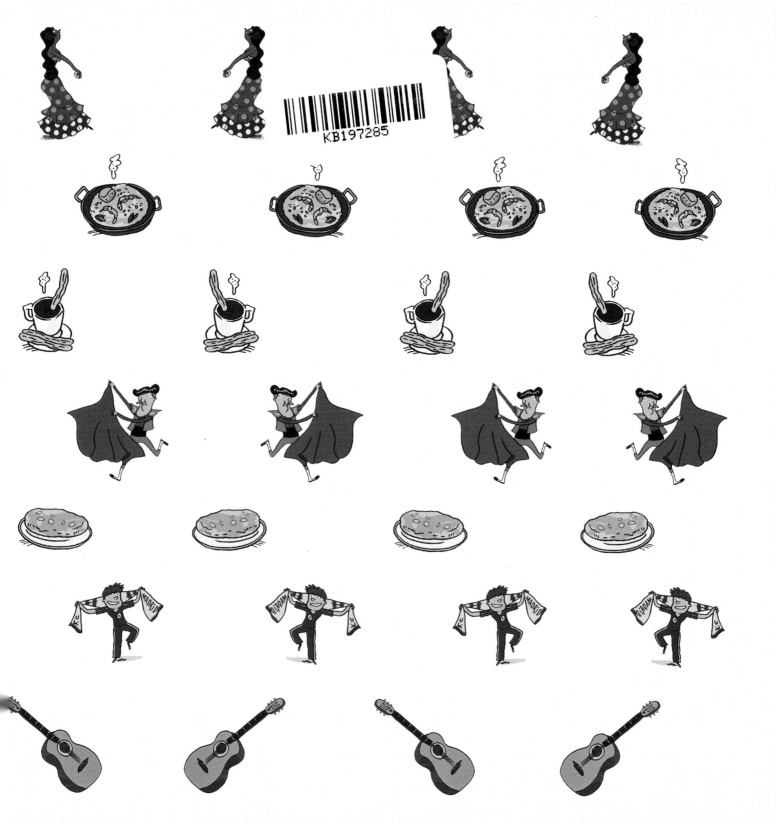

글 둘세 가모날

에스파냐에서 태어나 대학에서 언어학과 문학을 공부했어요.
졸업 후 프랑스 파리에 있는 학교에서 에스파냐 어를 가르쳤어요.
지금은 어린이를 위한 책을 만들고 글을 쓰고 있답니다.

그림 로랑 오두엥

프랑스의 푸아티에에서 살고 있어요.
다양한 그림을 그리는데 특히 여행, 탐정 수사, 재미있는 이야기를 좋아하지요.
그린 책으로는 〈런던의 괴물 문어〉, 〈지구를 사랑해〉, 〈크고 작은 발명들〉 등이 있어요.

옮긴이 이정주

서울여자대학교와 같은 학교 대학원에서 불어불문학을 공부했어요. 지금은 방송과 출판 분야에서
전문 번역인으로 활동하며 우리나라 어린이와 청소년에게 재미와 감동을 주는 프랑스 책을 직접 찾기도 해요.
옮긴 책으로는 〈천하무적 빅토르〉, 〈넌 빠져!〉, 〈아빠의 인생 사용법〉, 〈강아지 똥 밟은 날〉,
〈혼자 탈 수 있어요〉, 〈심술쟁이 내 동생 싸게 팔아요〉가 있어요.

헬로 프렌즈

디에고와 함께하는 마드리드 이야기기

글 둘세 가모날 ┃ **그림** 로랑 오두엥 ┃ **옮긴이** 이정주
펴낸이 김희수 **펴낸곳** 도서출판 별똥별 **주소** 경기도 화성시 병점1로 218 씨네샤르망 B동 3층
고객 센터 080-201-7887(수신자부담) 031-221-7887 **홈페이지** www.beulddong.com **출판등록** 2009년 2월 4일 제465-2009-00005호
편집 · 디자인 꼬까신 **마케팅** 백나리, 김정희 **이미지 제공** 셔터스톡

ISBN 978-89-6383-693-5, 978-89-6383-682-9(세트), 2판 All rights reserved. Copyright ⓒ2014 by beulddongbeul

Diego de Madrid by Dulce Gamonal and Laurent Audouin
Copyright ⓒ 2011 by ABC MELODY Editions All rights reserved throughout the world
Korean Translation copyright ⓒ 2014 by Beulddongbeul, Korea
This Korean edition was published by arrangement with ABC MELODY Editions, France through Milkwood Agency, Korea

디에고와 함께하는 마드리드 이야기

둘세 가모날 글 | 로랑 오두엥 그림

올라, 내 이름은 디에고야.
난 마드리드에 살아.
나랑 같이 우리 가족과 친구들을
만나러 갈래?

별똥별

개구쟁이 디에고는 마드리드에 살아요.
아름다운 거리와 드넓은 광장이 곳곳에 있는 크고 활기찬 도시이지요.
알무데나 성모 대성당이나 국왕이 사는 사르수엘라 궁처럼
멋진 기념물도 매우 많아요.

피카소의 명작 〈게르니카〉가 전시된 국립 소피아 왕비 예술 센터도 있고,
맹수, 돌고래, 곰과 판다까지 있는 큰 동물원도 있어요!

9

디에고는 레티로 공원으로 종종 나들이를 가요.
롤러블레이드나 자전거를 타기도 하고 호수에서 보트도 타지요.
바로 옆에는 왕립 식물원이 있는데, 세계 각지에서 온 수천 가지의
식물을 볼 수 있어요! 분재와 선인장, 벌레잡이 식물도 있지요.

디에고가 사는 동네는 시내에 있어서 늘 북적이고 생기가 넘쳐요.
창문으로 일요일 아침마다 열리는 벼룩시장이 보이지요.
별별 신기한 물건이 다 있어요!

13

엄마 아빠는 오래된 빵집을 운영하고 있어요.
동네 사람들이 코코아와 추로스를 사 먹으러 오지요.
빵집에서 가장 인기 있는 건 생일 케이크예요.

16

아침마다 친구 마놀로가 학교에 가자고 찾아와요.
초등학교는 대개 오전 9시에 시작해서 오후 2시에 끝나요.
점심은 집에 가서 먹지요. 저녁은 9시 30분쯤 먹어요.
저녁을 너무 늦게 먹어서 놀랐지요?
에스파냐는 다른 나라보다 저녁 시간이 좀 늦어요.

17

디에고는 미술 시간을 제일 좋아해요! 지난주에는 학교에서 프라도 미술관에 갔어요.
세계적인 에스파냐 화가 중 한 명인 벨라스케스의 그림을 구경했지요.
학교로 돌아와서는 벨라스케스의 명작 〈시녀들〉을 그렸어요.
저기 벽에 걸려 있는 그림 중 디에고가 그린 것도 있어요!

목요일 오후에는 에스파냐 기타를 배워요. 보통 클래식 기타라고 하지요.
6월에 열리는 플라멩코 공연에 나가려고 열심히 연습하고 있어요.
이 공연에는 기타를 치는 사람 외에도 남자와 여자 댄서, 가수,
플라멩코 춤과 리듬에 맞춰서 손뼉을 치는 팔메로가 나와요.

21

아빠는 마드리드에 있는 축구팀인 레알 마드리드의 팬이에요.
종종 경기를 보러 산티아고 베르나베우 경기장에 가지요. 이 경기장은 굉장해요.
엄청나게 큰 데다 사방이 유리로 된 파노라마 엘리베이터가 여덟 대나 있거든요.
경기장엔 8만 명 이상 들어갈 수 있는데, 가득 메운 관중석의 분위기는 끝내줘요!

마드리드에서는 축제가 많이 열려요! 디에고는 5월의 산 이시드로 축제를 좋아하지요.
전통 음악 공연, 연극, 투우, 서커스, '거인과 머리 큰 난쟁이들의 행렬'이 있어요!
디에고는 전통 의상을 입고 바르바리아 오르간 연주에 맞춰서 춤을 춰요.

에스파냐의 모든 도시에는 카페가 있어요. 맛있는 타파스를 맛볼 수 있지요.
마드리드에는 맛있는 음식이 참 많아요. 이집트 콩과 소고기로 만든 코시도,
에스파냐 토르티야, 마늘 수프, 오징어 샌드위치, 파에야 등등 셀 수 없지요.

LAS RAMBLAS

여름 방학이 되면, 디에고는 바르셀로나에 있는 할머니 댁에 놀러 가요.
사그라다 파밀리아 성당을 둘러보고, 람블라 거리를 구경하지요.
할머니 댁에서 지하철로 두 정거장만 가면 바닷가에 도착해요.
바닷가에는 삐뚤빼뚤한 건물 모양의 조각상이 있어요.

29

크리스마스가 되면 삼촌, 고모, 사촌들이 모두 모여요.
에스파냐 사람들은 12월 31일 자정, 제야의 종이 열두 번 칠 때
종소리에 맞춰서 포도를 하나씩 따 먹어요. 그러면 한 해 동안 행운이 따른대요.
1월 6일은 동방 박사가 어린이들에게 선물을 주는 날이지요!
전날 저녁에는 동방 박사의 기마행렬이 있어요!

마드리드에 놀러 오지 않을래요?
기다릴게요! 아디오스(안녕)!

32

마드리드의 멋진 볼거리

Madrid

📍 알무데나 성모 대성당

마드리드 왕궁 주변에 있어요. 1883년에 짓기 시작했으나, 스페인 내전이 일어나 중단되었다가 1993년에 완성되었어요. 아랍어로 '알무데나'라고 부르는 성벽에서 성모상이 발견되어서 이름이 지어졌어요.

📍 부엔 레티로 공원

마드리드에서 가장 큰 공원으로 원래 왕실의 여름 별궁이었어요. 15000 그루 이상의 나무가 마드리드에 신선한 공기를 공급해 주어 '마드리드의 허파'라고 불리고 있어요.

📍 국립 소피아 왕비 예술 센터

1992년 연 국립 현대 미술관이에요. 피카소의 '게르니카'가 전시되어 있으며 달리, 미로 등 현대 예술가의 작품들도 전시되어 있어요.

마드리드 왕궁

동쪽에 있어서 '오리엔테 궁전'이라고도 불려요. 에스파냐 왕의 공식 거처지만, 공식 행사에만 사용되고 실제로 살지는 않아요.

마드리드 마요르 광장

카페와 상점들이 들어선 거대한 광장이에요. 관광객과 시민들이 즐겨 찾는 곳이에요. 주말이면 골동품 시장이 열리며, 매년 성 이시드로 축제가 열려요.

35

HELLO Friends
헬로 프렌즈

에스파냐의
멋진 볼거리

SAGRADA FAMILIA

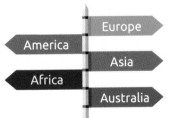

Europe

America

Asia

Africa

Australia

사그라다 파밀리아 성당

에스파냐 바르셀로나에 있는 성당으로 네 개의 특이한 탑이 있어요.
위대한 건축가 가우디가 설계하고 건축에 참여 했으나
완공하지 못하고 세상을 떠났어요.

알람브라 궁전

그라나다에 있는 궁전이에요. 13세기에 그라나다 지역에
머물던 아랍 군주의 저택이었어요.
지금은 이슬람 건축 박물관으로 쓰이고 있지요.
유네스코가 지정한 세계 문화유산이에요.

구엘 공원

바르셀로나에 있는 공원이에요. 위대한 건축가 가우
디가 세운 화려한 건축물과 자연이 어우러져 신비롭게
느껴져요. 가우디를 경제적으로 지원한 구엘의 이름을
따서 '구엘 공원'이라고 불리고 있어요.

세비야 알카사르

에스파냐 세비야에 있는 13세기 성이에요.
이슬람과 스페인 양식이 결합된 건축물이에요.
알카사르는 '성'이라는 뜻이에요.

세고비아 알카사르

에스파냐 세고비아에 있는 아름다운 성이에요.
월트 디즈니의 백설 공주에 나오는 성의 모델이 되어서
'백설 공주의 성'이라고 불리고 있어요.

에스파냐의 국기

에스파냐의 국기의 노란색은 국토를, 빨간색은 국토를 지킨 피를 나타내어요. 노란색에 있는 문장은 옛날 에스파냐에 있었던 다섯 왕국의 문장을 합해서 만든 것이에요.

갈리시아

정식 명칭 에스파냐 왕국
위치 유럽 서부 이베리아 반도
면적 약 50만 4천㎢ (한반도의 2.2배)
수도 마드리드
인구 약 4747만 명 (2024년 기준)
언어 에스파냐어
나라꽃 피토라카

에스트레마두라

세비아
안달루시